出售

图书在版编目（CIP）数据

回忆出售 / (美) 伊夫 · 邦廷著 ; (美) 萝伦 · 卡斯提罗绘 ; 佟画译 . -- 北京 : 中信出版社 , 2023.5

书名原文 : Yard Sale

ISBN 978-7-5217-5302-8

Ⅰ . ①回… Ⅱ . ①伊… ②萝… ③佟… Ⅲ . ①儿童故事－图画故事－美国－现代 Ⅳ . ① I712.85

中国国家版本馆 CIP 数据核字（2023）第 035713 号

回忆出售

著　　者：[美] 伊夫 · 邦廷
绘　　者：[美] 萝伦 · 卡斯提罗
译　　者：佟画
出版发行：中信出版集团股份有限公司
（中国北京市朝阳区东三环北路 27 号嘉铭中心 A 座　邮编　100020）
承 印 者：中华商务联合印刷（广东）有限公司

开　　本：889mm × 1194mm　1/16　　印　　张：2.5　　字　　数：30 千字
版　　次：2023 年 5 月第 1 版　　印　　次：2023 年 5 月第 1 次印刷
京权图字：01－2023－0569
书　　号：ISBN 978-7-5217-5302-8
定　　价：49.80 元

出　　品　中信儿童书店
图书策划　红披风
策划编辑　邓月
责任编辑　谢沐
营销编辑　易晓倩　李鑫橦　高铭霞
装帧设计　颂煜文化
封面设计　李然

服务热线：400－600－8099
投稿邮箱：author@citicpub.com

回忆出售

[美] 伊夫・邦廷 著
[美] 萝伦・卡斯提罗 绘
佟画 译

中信出版集团 | 北京

几乎所有的东西都被堆放在我们的院子里。

这些都是要卖掉的。因为我们要搬进一间小公寓。

“虽然小，但是很温馨。”妈妈对我说。

她和爸爸带我去参观了新家。

爸爸向我展示了一张有趣的床，它藏在墙里。

“快看，”他说，“客厅刚好能放下。”

“还不错。”我说。但这里和我们之前的家很不一样。

今天，许多人来到我们的院子挑选东西，尽管爸爸妈妈已经为每一件物品标注了价格，可是大家仍然不停地询问着。

“这个多少钱？”一位女士拍拍我的床头板，问道。

“10美元。”妈妈回答。

女士有点儿嫌弃地说：“可是你看，这里有蜡笔的划痕，我只能付5美元。”

妈妈叹了口气说：“好吧。”

真希望我从来没有用蜡笔在上面做过标记。可它们记录着我读了多少次《晚安，月亮》。

我最好的朋友莎拉和她的小弟弟皮蒂从隔壁跑了过来。他们还穿着睡衣呢。

“你们这里来了好多人呀，”莎拉说，“真不错。”

我点点头。

书籍

突然，我看见一位男士拎起我的自行车，正要装进他的卡车里。我冲了上去，一把抓住车轮。我真的很生气。

“你不可以拿走！”我一边冲他喊，一边用力拽着轮子，“这是我的！”

“哦！”那位男士惊讶地看着我，他缓缓地把自行车放在草地上，“很抱歉，这是我刚刚买的，难道它不卖吗？”

“哦，卡莉！”爸爸跑了过来，把手掌搭在我的手上。

“我们跟你说过，宝贝。我们没有地方保管它，而且那条街也没有自行车道。马路上都是大卡车。”

我望着爸爸，他的眼睛里好像含着泪水。

也可能是我看错了，爸爸并没有哭。

“好吧。”我松开了抓着自行车的手。

“我不是一定要买它……”那位男士轻声说着。

“没关系的，”我赶紧问道，“等我们重新住进这里的时候，你可以把它还给我吗？”

男士微笑着回答：“当然可以。”

我跑回莎拉身边。

“真希望你不用离开这里。”她嘟囔着。

“你们到底为什么要离开呢？”

我耸耸肩：“不知道，可能和钱有关。”

莎拉捡起弟弟掉在地上的奶嘴，在没听到大声尖叫之前迅速塞回他嘴里。

“我没听明白。”她说。

“其实我也不明白。”

莎拉盯着我。“我可以问问爸爸妈妈，你是不是可以留下来和我们一起住。”

我给了她一个大大的拥抱。她闻起来像甜甜的谷物圈。

“可是这样的话，我的爸爸妈妈会孤单的。”我说。

“也许我们可以把皮蒂送给他们。”她提议。

“谢谢你的好意。”我说，“但是我会想念我的爸爸妈妈。”

“这个卖吗？”一位男士指着一个蓝色大罐子里的红色天竺葵问我。

这一瞬间，我觉得自己很重要。“我想是的，”我又连忙指了指远处告诉他，“但你最好去问问我爸爸。”

爸爸冲这位男士笑了笑。

“如果你能抬动它，就可以卖。它非常重。”

男士把花盆搬到小推车上，小心翼翼地抬进了自己的卡车里。

几乎所有的东西都被卖光了。剩下的东西，爸爸也卖得很便宜。

爸爸轻轻地揉着妈妈的后背，他们看上去有些疲惫。

莎拉和皮蒂回自己家去了。而我沉浸在一种讨厌的感觉里——我不喜欢别人买走我们的东西，这很不公平！但是，我想在离开之前把红色爱心的项链送给莎拉，并且告诉她，妈妈欢迎她来新家做客。

这时一位女士向我走来。“你难道不是这里最可爱的东西吗？”她笑着说，“可以把你买走吗？”

我打了个寒战，从头到脚都在哆嗦。

我冲向爸爸，放声大哭。

“我不可以被买走，对吗？你们不会卖了我，对吗？”

爸爸扔下手里的花园椅子。

“一百万、一百万亿都不卖，”他说，“永远，永远，永远。”

爸爸擦了擦我的鼻子。

妈妈也跑了过来，我们三个人紧紧地抱在一起。

爸爸站起身大声喊着：“剩下的东西都不收钱了，大家觉得有用就带走吧。”

还在院子里的人开心地挑选着。

出售
书籍

我们搬进了几乎空荡荡的房子，这样挺好，看起来我们真的不需要那些被卖掉的东西，况且那些东西也不适合这里。

但是我们会适应这个新地方。

“我觉得我会喜欢这张有趣的新床。”我说。

妈妈笑着说：“我想你会的。”